지구 생각
오후

4시

〈시와여백〉 제10집

지구 생각 오후

4시

시와여백 동인

좋은땅

하루 종일 시만 쓰며 살고 싶다는 꿈에 대하여

전영칠(시와여백 회장)

생활을 위해 오늘도 하루를 나선다. 같은 버스, 같은 길을 지나 같은 사무실 문을 열면 왼편에 복사기, 이 주임 자리와 김 주임 자리를 지나 세 걸음 더 가면 오늘 내가 앉아 일할 의자가 나온다. "그래도 출근할 수 있다는 것이 얼마나 큰 행복이야."라는 아내의 말에 나는 아무런 말도 하지 않는다. 나는 이 시간 산으로 가는 동창을 생각한다.

시나리오 작가 최고은은 안양시 석수동 화장실을 공동으로 사용하는 20만 원짜리 월세 단칸방에서 굶어 죽었다(2010년). 32살.

'창피하지만 며칠째 아무것도 못 먹어서… 남는 밥이랑 김치가 있으면 저희 집 문 좀 두들겨 주세요.'

그녀가 남긴 쪽지의 내용이 아직도 내 뇌수에 박혀 맴돌고 있다. '배불뚝이 달빛요정' 가수 이진원은 노래를 한다.

"일주일에 단 한 번 고기반찬 먹게 해줘."(노래명 도토리)

정규앨범 3장에 8년을 노래해도 연 수입 1,000만 원이 못 된다. 밥은 진정 메시아고 구원일 것이니 날마다 큰 변화 없이 반복을 반복하며 또 다른 꿈을 꿔오던 글쟁이로서의 포부랄까, 뭐랄까. 젠장, 하루 종일 시만 쓰며 살 수는 없을까. 시 써서 밥 먹고 그리고 시간 나면 또

시 쓰고, 그러면서 전업시인이란 말 듣고 살 수는 없을까.

그것은 사치한 향락이고 화려한 꿈에 불과할지도 모른다. 그러나 나는 감히 말하고 싶다. 먹고살기 위해 출근을 하고, 포장마차를 끌며 저잣거리로 향하고, 지하철에서 1,000원짜리 장갑을 파는 이들은 사실은 위대하다. 살아줘서, 살아줘서 위대하다. 이제 보니 살아있는 삶 자체가 이미 날고 있는 것이다.

일제시대 절망과 소망이라는 별을 찾아다니던 작가 이상은 사실은 살아생전 이미 날고 있었다. 날기 위해 사는 조나단 리빙스톤 시갈만 위대한 것이 아니라, 멸치대가리를 찾기 위해 온 바닷가와 쓰레기통 속을 뒤지는 이웃집 갈매기들도 실은 귀한 삶이다. 이제 보니 모두들 다 열심히 날고 있었다. 굶어 죽은 시나리오 작가 최고은도, 빈한하게 살다 간 달빛요정 가수 이진원도 실은 위대하게, 위대하게 날갯짓하며 살다 간 것이다.

오늘도 남모르는 애환 속에서도 일생, 시를 놓지 않은 11명 시인들의 잔치에 여러분들을 초대한다. 권력과 재력이라는 멸치대가리를 물기 위한 이 격변의 세상 속에서 시를 놓지 않고 산 이분들은 이미 위대한 정신들이다. 지금도 어디선가 날고 있을 그대들에게 아낌없는 존경과 갈채를 보내고 싶다.

| 차례 |

천양희(초대 시인)

이화여대 국문과를 졸업하고 1965년 『현대문학』으로 등단했다.

- 시집:『사람 그리운 도시』,『하루치의 희망』,『마음의 수수밭』,『오래된 골목』,

  『너무 많은 입』,『나는 가끔 우두커니가 된다』,『새벽에 생각하다』,

  『지독히 다행한』,『몇차례 바람 속에서도 우리는 무사하였다』

- 산문집:『시의 숲을 거닐다』,『직소포에 들다』,『내일을 사는 마음에게』,

  『나는 울지 않는 바람이다』

- 수상: 만해문학상, 대한민국문화예술상, 소월시문학상, 현대문학상,

  공초문학상, 박두진문학상 등

다음

어떤 계절을 좋아하나요?
다음 계절이요
당신의 대표작은요?
다음 작품이요
누가 누구에게 던진
질문인지 생각나지 않지만
봉인된 책처럼 입이 다물어졌다
나는 왜
다음 생각을 못 했을까
이다음에 누가 나에게
똑같은 질문을 한다면
나도 똑같은 대답을 할 수 있을까
나는 시인인 것이 무거워서
종종 다음 역을 지나친다

단추를 채우며

단추를 채워보니 알겠다

세상이 잘 채워지지 않는다는 걸

단추를 채우는 일이

단추만의 일이 아니라는 걸

단추를 채워보니 알겠다

잘못 채운 첫 단추, 첫 연애 첫 결혼 첫 실패

누구에겐가 잘못하고

절하는 밤

잘못 채운 단추가

잘못을 깨운다

그래, 그래 산다는 건

옷에 매달린 단추의 구멍 찾기 같은 것이야

단추를 채워보니 알겠다

단추도 잘못 채워지기 쉽다는 걸

옷 한 벌 입기도 힘들다는 걸

불편한 진실

진실이란 말
참, 나무처럼 시퍼렇지요
시퍼러면 뭐 하겠노
새빨간 거짓이 판치니까
입이 너무 많은 세상이
다 새빨갛게 보이네
그래도 거짓한테는
진실만큼 좋은 세상이 어딨겠노
친구는 거듭 말하지만
오늘은 진실에도 오류가 있다는 말
하지 않기로 한다

어느 날 내가
읽고 있던 『시와 진실』 책장을 덮을 때
나에게 남은 불편한 진실은
나도 이따금 시퍼렇게 질린다는 것이다

거짓의 모서리가 불편해
나는 둥근 진실에 항복했다

밥

외로워서 밥을 많이 먹는다던 너에게
권태로워 잠을 많이 잔다던 너에게
슬퍼서 많이 운다던 너에게
나는 쓴다

궁지에 몰린 마음을 밥처럼 씹어라
어차피 삶은 너가 소화해야 할 것이니까

지나간다

바람이 분다
살아봐야겠다고 벼르던 날들이 다 지나간다
세상은 그래도 살 가치가 있다고
소리치며 바람이 지나간다

지나간 것은 그리워진다고 믿었던 날들이 다 지나간다
사랑은 그래도 할 가치가 있다고
소리치며 바람이 지나간다

절망은 희망으로 이긴다고 믿었던 날들이 다 지나간다
슬픔은 그래도 힘이 된다고
소리치며 바람이 지나간다

가치 있는 것만이 무게가 있다고 믿었던 날들이 다 지나간다
사소한 것들이 그래도 세상을 바꾼다고
소리치며 바람이 지나간다

바람 소리 더 잘 들으려고 눈을 감는다
'이로써 내 일생은 좋았다'고
말할 수 없어 눈을 감는다

시와여백문학상 위성개

2005년 『시인정신』으로 등단

『종점에는 오아시스가 없다』 외 다수

폭우 내리던 밤

눌린 셔터에 플래시의 섬광을 본
대지는 겁에 질린 듯
말이 없다
그러다 우울의 기미가 가득해지면
멈추지 않고 내리치는 칼날에게 속삭인다
직진하던 사랑 그 달콤함이
맹렬한 기세로 달려드는 저항이
내게 있다고
이 밤에 되묻는다
안녕하시냐고
외롭진 않으시냐고
젖은 마음을 노크한다
그래서 들여다본 거울 속엔
흰 구름 흘러가고
그리움으로 남겨둔 것들
말없이 적셔놓은 것들
가득히 몰고 와
나 홀로 고독했을 기억을 깨운다
먼저 떠난 사랑이야
이 비가 그치면 그만이겠지만

세찬 비바람에 몸져누운 허무는

갈 곳이 없다

이별이 우르르 쏟아진다

그리움, 눈물, 억만 년의 비애가

한꺼번에 몰려온다

그 여름의 정령들

숲이 아팠어요
바다 건너 푸른 땅에는 꽃들이 피었다지요
늦은 오후가 되면 식탁에는
검은 나뭇가지들이 뻗어나요
그곳에는 죽은 열매가 달린다지요
빨간 새 한 마리도 날아와 앉고요
파란 찻잔 속에 살아남은 푸른 이파리 하나
마시고 나면
한켠에 앉아있는 빨간 새들은
유골 같은 대리석 바닥에서 잠을 자요
깊은 심해 바닷속에 있을 땐 몰랐어요
거기서 피는 꽃들이
딸꾹거리는 어린 소녀의 생채기인 줄
몸을 축 늘어뜨리고 나면
금세 잠이 와요
꿈속에선 시든 꽃들의 잔해만 울렁거려요
깊은 숲속에서 잃어버린 길 같아요
되돌아갈 수 없고요
꽃들의 한숨과 꿀벌들의 웅성거림이
'나만 그런 게 아니야'라고 말을 해요

이끼 덮인 바위를 품에 안으며
수렁에 빠진 발목을 끌어올리며
안에서 외치는 목소리가 있어요
바다 건너 푸른 땅의 꽃들이 피어나요

섬

밤이 오면
바람을 따라 하나씩 사라지는 불빛들이
쓸쓸해
비좁은 마음속에서도
여전히 사랑이 웅크리고 있거든
네가 사는 섬에서는
파도가 치는 날이면
때로는 울렁이고
때로는 폭발하기도 해
그러다가도 아침이 되면
언제 그랬냐는 듯 가라앉거든
밤이 되면
너를 보낸 갈매기들이
더 이상 울질 않아
그럴 때면 푸르고 푸른 바닷속 두려움이
솟구쳐 올라
너무도 많은 안개가 포위를 해
헤엄쳐 나가도
아무리 소리쳐 불러도
물속 한가운데 우두커니 서있는

네가 없는 섬에서는

도무지 잠이 오질 않아

머무는 것도 뿌리를 박고 사는 것도

모두가 허공이니까

지구 생각 오후 4시

어머니가
맛있는 빵을
비린 고등어를
비닐봉지에 담아왔다
깨끗하고 좋은 거 먹으라고

아버지가
귀여운 강아지 똥을
우리 집 쓰레기를
비닐봉지에 담았다
예쁘고 깨끗하게 살라고

서울에서 온 누나가
냄새 좋은 향초를
비싸고 고운 선물을
비닐봉지에 담아왔다
기분 좋으라고
행복하라고

어제도 그제도

늙은 서점 주인이 나에게 준 시집 한 권
생일 축하한다고 건네준 꽃 한 다발
혹여 터질까 봐 싸고 또 싼 할머니의 김치
비닐봉지에 들어있었다

이러다 나의 눈물이
이러다 나의 사랑이
이러다 아껴둔 나의 행복이
비닐봉지에 싸이는 건 아닐까

숨이 막히는데
너무 뜨거운데
이러다 오후 4시 절망을 담는 건 아닐까

너의 사막에서

해가 기울면 등 굽은 사내처럼
그림자가 길게 드러눕는 침묵의
언덕에
네가 있었다
세상에 풀어 놓을 욕망도 없이
지친 발을 이끌고 집으로 가는
낙타처럼
나는 순종을 했고
너는 배반을 했다
그리하여 당도한 야자수 아래
비친 지친 얼굴들
더 힘없이 쓰러지고
오지 않을 너를
묻고 또 물었다
언제쯤이면 언제쯤이면
내게로 올 수 있는 걸까
기다림은 행복에 대한 목마름이라고
그리움은 사랑에 대한 갈증이라고
저 바람에게 저 노을에게
말해주었건만

너의 사막에는 기다림이 없다

너의 사막에는 그리움이 없다

단지 홀로 서 걸어가는 너의 그림자만

길게 늘어서 있을 뿐

해체와 융합의 파노라마
- 위성개論

정신재(문학평론가)

시는 일상 언어에 새로운 기표를 얹어 또 다른 의미를 추출해 내는 기교의 예술이다. 이는 기표와 기의의 자의적인 결합에 의한 기호가 사물을 편협하게 바라보게 하는 데 대한 해체의 방식에서 출발한다. 가령 [집]이라는 기표를 말할 때에 초가집, 너와집, 기와집, 양옥, 한옥, 아파트, 단독주택 등을 개인의 취향에 따라 자의적으로 연결된 기의로 해석하게 된다. 이는 [집]의 본질과는 거리가 먼 편협한 해석이다. 그리하여 해체주의 비평에서는 기표와 기의 간의 자의적인 결합을 해체하고 사물의 본질을 응시하려 한다. 따라서 일상 언어에서 시어로 넘어서기 위해서는 일상 언어에 대한 해체의 시각이 요구된다. 그러나 해체만으로 사물의 본질이 제대로 해석되는 것은 아니다. 사물과 사물, 사물과 언어, 언어와 언어 간에 융합이 이루어져야 제대로 된 의미가 살아난다. 그래서 초현실주의에서는 무선상상(멀리 떨어진 기표들 사이의 결합), 형이상시에서는 컨시트(Conceit, 두 개의 기표를 결합하여 독특한 기의를 이루어내는 기법), 하이퍼텍스트시에서는 리좀(Rhizome, 이항 대립적이고 위계적인 현실 관계 구조의 이면을 이루는, 자유롭고 유동적인 접속이 가능한 잠재성의 차원. 철학자 들

28

뢰즈와 가타리(Gattari, P. F.)가 제시한 관계 맺기의 한 유형) 등을 주
된 기법으로 활용하고 있다. 이와 같은 기법들은 기본적으로 해체와
융합의 과정을 거쳐 이루어낸 독특한 기법들이다. 위성개의 시를 보
면 해체와 융합의 방식을 잘 활용하는 면이 돋보인다.

어제도 그제도
늙은 서점 주인이 나에게 준 시집 한 권
생일 축하한다고 건네준 꽃 한 다발
혹여 터질까 봐 싸고 또 싼 할머니의 김치
비닐봉지에 들어있었다

이러다 나의 눈물이
이러다 나의 사랑이
이러다 아껴둔 나의 행복이
비닐봉지에 싸이는 건 아닐까

숨이 막히는데
너무 뜨거운데
이러다 오후 4시 절망을 담는 건 아닐까
－「지구 생각 오후 4시」 부분

　시인의 시를 들여다보면 서로 이질적이면서도 유사한 단어들이 결합되어 있는 것을 발견할 수가 있다. "시집 한 권", "꽃 한 다발", "할머니의 김치"는 서로 이질적인 단어이지만, 이것이 "비닐봉지"에 의해 결합된다. 여기서 "비닐봉지"는 사랑만을 의미하는 것은 아니다. 오히려 '사물의 본질'이라는 의미에 더 가깝다. 그러므로 "비닐봉지"는 보다 다양한 의미를 담아낼 수 있는 시인만의 기표가 될 수 있는 것이다. 그러므로 시인이 표현한 '오후 4시의 절망'은 부정적인 의미만을 담고 있는 것이 아니다. 이는 답답함과 뜨거움을 거쳐 이루어낸 활력을 가지고 있다. 이와 같은 해체와 융합의 방식에 서정적인 흐름과 독백을 더하여 한 편의 시가 이루어졌다. 이 한 편만으로도 시인의 다른 작품이 어떠한가를 일별할 수 있을 것이다.

이번 '시와여백' 동인들의 시는 1인당 다섯 편의 시를 제출하여 동인들의 투표에 의해 시와여백문학상을 선정하도록 되어 있었다. 10종의 동인지를 발간해 오는 동안 시인들의 시적 경향도 어느 정도 눈높이가 맞춰졌고, 작품 수준도 서로 동등한 수준으로 높아졌다. 동인 모두 출중하지만, 위성개의 시가 다수를 얻은 것은 아마도 「지구 생각 오후 4시」가 돋보여서일 것이다. 이번 수상을 계기로 더욱 분발하시기를 기원한다.

제1부

서정이 있는 풍경

강숙영

2004년『시인정신』등단

• 공저:『수리산 가는 길』외 다수

• 동인 시집:『어떤 슬픔』외 다수

• 수상: 시와여백문학상 수상

시간

이 세상
그 무엇도 거스를 수 없고

이 세상
그 누구도 거역치 못하는

유일무이한 강적이
절대권력의 무적이

시간이라는 이름으로

나를 앞서 걷는다
점점 속도를 내어 걷는다

가속도에 떠밀리는 걸음이 자주 허공을 딛는다

갈매기 생각

꽃샘추위가 머리칼을 휘갈기는
바닷가 산책길
한쪽 편나무 데크 난간 위에
갈매기 한 마리 오도카니 서있다

칼바람 속에도 내내
가녀린 다리가 완고하다

시간을 한참 지나와 봐도 같은 자리
여전한 몸짓으로 섰는 새

하늘도 바다도
모두 비워진 허허공간에
그대로 솟대라도 되려는가 생각에 박힌 듯
미동조차 없다

쉽게 다가가 등 도닥여 주지 못하고

끝내 등 보이고 돌아서 오는 길

하늘 아래 목숨, 그 산 것에 겨누는
속수무책의 외로움이
목에 걸리고 마음에 밟혀 돌아보며 걷는 걸음새가
자꾸 휘어지곤 했다

웃다가 울다가

탤런트가 오랜만에 TV 예능에 나왔다

야윈 얼굴로
그동안의 근황과 만만치 않았던
인생살이를 풀어낸다

저리 선량한 마음의 한 여인에게
어쩌면 그리도 많은 시련이 다녀갔을까

오래 가둬 두었던 설움의 둑이 터진 듯
소리 없는 울음을 쏟아내더니
이내 눈물을 훔쳐 닦고서
웃음을 웃는다, 한결 밝아진 웃음을 웃는다

젖은 속눈썹 사이로 일순 반짝이는 빛

세상에는 저렇듯 감쪽같이 숨어 사는
여문 슬픔들이 있다

다시 웃는 눈가에

값을 매김할 수 없는 긍정의 가루들이

보석알갱이로 묻어있다

광장에서

마트 분수대 옆 벤치에 낯설게 앉아본다

익숙한 폼으로 어디론가 바삐 가는 사람들
얼굴마다 고유의 유전자 고이 새기고
각자의 걸음에 진심이다

한 치 앞을 알 수 없는 생(生)의 모퉁이마다

꺾인 어깨 다시 세웠을
긍정 한 줄 끌어내어
가슴에 또박또박 다시 옮겨 적었을
단단한 의지가 등뼈에 새겨있다

밀쳐놓았던
인류애를 힘주어 당겨보는 시간

내일인 오늘을 살아내느라

지금도 삶의 이야기 묵묵히 잇고 있을
이번 생(生)에 만난 동행자들에게

함께하는 기적의 시간들을
더없는 소중함으로 지켜가자고

살갑게 빚은 마음의 말 넌지시 건네본다

손금

아기의 손을 펴 손바닥을 들여다본다

초봄의 새순같이 더없을 온유가
말간 선으로 모여있다

이 세상 모든 어려움이
숨죽인 채 다 비껴갈 듯한 손금길을
조심조심 따라가다 보면

수천 년 줄이어 온 머-언 조상의 온기와
숨소리 들리는 것 같아

알 수 없는 우주의 시간, 그 속살을
이렇듯 숙연하게 보여주는
아기의 손금이라니

말갛게 웃는 것만으로도
무진장한 세력을 가지는 아기에게
무조건 몸 낮춰 간절하게 눈 맞추려는
무해한 눈빛들

거친 세상 속

온갖 인간사가 어디에도 없는 속도로

무장해제 중이다

권순자

1986년 『포항문학』, 2003년 『심상』 등단
양천문인협회 회장 역임, 양천문단 편집위원, 한국작가회의 회보 편집장 역임,
『태사문학』 편집국장
· 시집: 『바다로 간 사내』, 『우목횟집』, 『검은 늪』, 『낭만적인 악수』,
『붉은 꽃에 대한 명상』, 『순례자』, 『천개의 눈물』, 『청춘 고래』, 『소년과 뱀과 소녀를』
· 시선집: 『애인이 기다리는 저녁』, 영역시집 『Mother's Dawn』(『검은 늪』 영역),
『A Thousand Tears』(『천개의 눈물』 영역) 등

산호 산란

그녀의 깊은 눈을 들여다보다가
분홍빛 부유 물결
산호들의 거침없는 산란을 떠올렸다

허허롭기가 아득한 바다
푸르다 못해 시퍼런 눈길
물길

아작나는 슬픔마저 허전한
푸른 물

산란의 눈짓을 넘어
산란의 몸짓이
온통 분홍빛 물결이었다

수많은 달밤을 쟁이고 쟁여
어느 더 밝은 보름달이 지고 나면
더 깊은 어둠 속에서

힘껏 뻗어내는 달빛 다리 수천 개

벗어날 길 없는

눈부신 다리에 내가 묶이고

꺾이어

불멸의 순간에

기염을 토할

산란의 분홍빛 물결이 일렁거릴

푸르디푸른 눈빛

깊은 바다의 회오리

나무 화엄경

나무는 흙의 심장을 가졌네
땅의 젖줄을 물고
수직으로 꿈을 숙성시키는 힘을 지녔네

새들이 둥지를 틀고 오도송을 노래하면
사슴이 때때로 무릎을 꿇고 합장하다가
어둠 속으로 사라지곤 했네

바람의 서늘한 풍경 소리
아늑한 깨달음의 열락으로 이끌었네

졸음의 등짝을 세차게 내려치기도 하던 소나기,
얼얼하게 온몸 달구어 혼절시키던 햇볕,
을 건너서

지치지 않는 묵언정진으로
수백 년 세월을 안으로만 쟁여온 화엄경 한 그루

더 이상 사르지 못한 몸을
번개에 와락! 다 태우고

열반에 들었네

지금 님은 생 한쪽,
퍼런 이끼를 키우는 시커멓게 낡은 몸,
흙의 피가 흐르는 아직도 한 점 심장이네

사월

겹벚꽃 사월이 붉다
연인의 보조개 웃음이 꽃나무 아래서
눈부시게 머물고

침잠한 꽃 아래
조용한 영원의 생명이 꿈틀거리는 뿌리
다채롭고 신비한
시간이 날개를 펼치고
꽃봉오리마다 부드러운 숨결을 내쉰다

멀리 떨어져 나가더라도
아기처럼 순수한 마음이 펼쳐지고
가지 끝마다 피워낸 꽃봉오리
경이로운 시간은 멈추지 않아
사라지지 않아

나른한 햇살에
꽃잎이 시들고 우리의 시간이 흐릿해지면
나무도 조금씩 나이를 잊어가리

시간이 쇠잔하여 사라지더라도
너의 미소는 사월이면
벚꽃잎으로 붉게 피어나리

무수한 겹벚꽃 무리
무수히 반짝이는 웃음들

꽃 아래 노인이 소년처럼 붉다
아이가 춤추며 꽃 사이로 뛰어가고
여자가 붉은 숲길을 사뿐히
날개 치며 걸어간다

미소

구름이 허전함을 채우며 붉게 웃는 저녁
너는 하루의 피로를 털며
이슬 젖은 풀잎처럼 청량하게 웃는다

세상의 어둠 속 것들이 탁해지고 둔해져서
검고 냄새나는 쪽으로 몸을 뉘고
악취에 길들여져 갈지라도

너의 푸르고 여린 노력이 닳고 희미해져 갈지라도
맑고 고운 노래는
팍팍해진 껍질을 흔들어댈 것이다

쇠뭉치 같은 고집에도 빈틈이 있는 법
고운 목소리도 미소도
불빛같이 느긋하고 재빨라서

틈을 찾아
실핏줄 타고 흐르는 맑은 수액처럼
전신을 번져

구원의 손길 넝굴미소를 드리운다

틈새에 꿈

완벽한 돌담이 깔끔하게 단단히 서 있다
바람이 불고 시간에 삭아 틈이 벌어진다

미세한 틈
으로 빗줄기가 튕긴다
튕길수록 빗길이 더 세차게 들이친다

바람이 담벼락을 안고 오래 서성댄다

당차던 어깨 너머로
손톱만 한 싹이 튼다

바람에 날려 정처 없이 떠돌다가
흙먼지에 몸을 묻고
한 숨결이 발효하는 지점

느린 꿈을 꾸는 세상의 구석
아주 작아서 보이지도 않는 꿈이 자란다

보드랍고 연약한 입술이 먼지를 머금고 자란다

고요한 어둠 속에서 작은 얼룩이 핀다

한 세상이 핀다

남주희

고려대학교 졸업

대구문화방송 아나운서 역임

2003년 『시인정신』에서 시로, 『현대수필』에서 수필로 등단

2021년 대구문화재단 경력 예술인 활동 지원금 수혜

• 시집:『둥근 척하다』,『오래도록 늦고 싶다』,『길게 혹은 스타카토로』,

『꽃잎호텔』,『제비꽃은 오지 않았다』

• 산문집:『조금씩 자라는 적막』

• 수상: 지식경제부 장관상, 한국민족문학상, 김우종문학상 수상

지독한 기다림

30년 된 산벚나무 앞세워
부처 만난다는 극락전 종래 소식이 없다

하심下心 핑계 삼아
홀로이 당신 뵈러 백날 동안 어지러웠다고
골똘한 날만 있어 어제보다 안색은 깊어졌다고

번뇌를 단속하고 백팔 번 삭혀
울렁거려 돌아눕지도 못한
흐물해진 경經

입술 깨물며 허물조차 용서할 수 없다면
계절의 끝물쯤
눈길 한번 보시해 달라고

보리수 향 받쳐 들고
고백이라 여기는 내 후일담, 당신 슬하에
궁핍하게 묻으려 했는데
누운 채로 옷을 입고 윗목은 핼쑥한 밤으로 잠을 앉힐 뿐

저문 날의 간청을 그늘처럼 밀어내며

당신은 또 딴청으로

꽃 질 날만 기다리라고

바람은 댓돌 위를 말끔히 쓸어 놓고

근심처럼 얹어 놓은

산마늘 작약꽃 귀를 열어

소리 쪽으로 길 터 줬는데

무심하게 돌아앉아

다시 한 계절 비워내라는 언약만 종일토록

찰나의 생각들 차곡차곡 적막으로 쌓아두라만 하니

한 생각
- 품

수지동 산꼭대기 박애 어린이집
똘망똘망한 눈들이
살을 닿으려 목을 밀어 올린다

어미 품이 아니라는 것 알면서도
팔을 벌려 꺼안음을 낚아채려는 저 가여운 몸싸움
내 몸 어느 구석에 젖내가 풍겼을까

대수롭지 않은 평화를, 안락을 핑계 삼아
캄차카반도 티티새의 불편을 불안해했던
진실을 자청한
허기인 척 오만을 채웠던 그런 날

해 긴 날
나는 무엇에 홀려 갈급만 되뇌었을까

어부바라고 낮게 말하며
눈물 자국이 덜 마른 아이를 품으면

쿰쿰한 식초 냄새가 나는

종아리 빠진 쩐 바지
내 살 속속들이 섞이려
울음 다투고

저만치 떨어져 눈물 그렁대는 아이
이명인 듯 종일 왕왕거려
늦추위에 가린 슬픔 한 토막에
나는 충분히 멍했다

이 간절한 지상의 무게에
숨이 차다고
등을 달라 보챈, 바람을 쥐여 주며 숲을 보여준 일 거듭거듭 있었던가
넘어지며 불쑥 자라는 꽃의 뒷덜미를 꺾은 적 있었던가

가볍게 한 걸음씩 몸을 내밀어 간격을 좁히고
사계절 내내 색을 얻지 못한 도화지에
눈이 까만 아이들의 코 울음을 입혀
잊은 듯 밀려나간 엄마 냄새를 불러다 무시로 칭얼댄 이유
흔적이 뚜렷한 그늘이 소상히 들려줄 것이다

장 구경

덜 핀 매화꽃 사이로 장 구경을 다니다
백두산 악극 쇼라는 천막집을 들여다본다

난쟁이 가랑이에 낀 만신창이 된 각설이 몸뚱어리
앞니 빠진 잇몸이 온통 히죽거리면
천장을 뚫는 풍악 소리 난데없다

멀뚱한 8척 사내의
품바 수염과 눈알
아무렇게나 갈겨놓은 검은 화장법의 태연함
앞서가는 꽹과리로 출렁대는 소리 낯가림이 없다

울려고 내가 왔냐고
생이 별거더냐고

허공을 싸안는 중심이 버티려 해도
우울 몇 겹 좀체 깨어나지 않는다

파장은 고단했고
열창하는 홍도야 우지 마라 박수 소리는 간간이다

참빗과 치약을 팔려 댕기를 맨 여남은 살 아이에게
쭈물쭈물 구겨진 지폐 한 장을 건네며
몇 살이냐 불쑥 물었다

대책 없는 그것의 근원을 물은 불편함
되고 싶어 되었겠나
추스르지 못한 몰염치가 나를 딱하게 돌아봤다

품바는 품바대로 덜 핀 매화꽃은 덜 핀 대로
늙은 각설이 그만큼의 한풀이로
또
울컥거리며 날아오를 고단한 봄날

목련꽃 소문

어쩌자고 삼백 날을 졸랐을까
무작정 뜬눈으로
하늘 반 칸 받아내
너무 환한 저녁 약속받았다는 소문
꽃을 달라 했던 내 말이
무거웠을까

기다리지 말라고
동여맨 안드로메다와
필락 말락 한 꽃송이들 서로 눈치 주며

다시 미워할 틈 없어
단단한 부리로 무장한다는
불확실한 그 말
당분간 잊었다
근근이 팔 옮겨

지는 꽃의 집착을 소문낸 저 무성한 밑줄
머리맡에 옮겨두고
슬픈 무게에 얹힌 며칠을 타일러

다정한 척 몸 누이며
고열 이마를 짚으니 그제 일 그 이후로는 기억할 수 없다는

당신은 당신대로 지울 수 없이 흘렀고

예감은 했지만 모두 쓸려나가 버려
초인종을 눌러도 대답이 없다

저녁 내내 쓸쓸하다

태산목 눈 흘김 모른 척하고
저녁마다 신장개업하는 장미다방을 호출해
바람꽃이라 불러 달라는 미스 김
의미 없이 스치고

엊저녁 두통
불면 쪽으로 이유를 넘기며
누군가의 생에 관여하려
간밤 아까운 잠 돌려보냈다

방금 도착한 저녁 저문 바다로 보내는 시간
일몰은 고르게
정맥을 드러내 출렁거리고
일을 마친 어깨가
비대칭으로 삐걱대는 지금

저녁을 추모한다는 말 식지 않게
꽃들의 달달한 웅성거림 왜소한 골목에 섞이려 하고

서둘러 민낯을 지우는 희미한 낮달

도착이 좀 늦은 어둑한 배경 빌미 삼아 절연의 문장이 떠돈다는
지상의 소문 참지 않고 파악하려 든다

멈칫멈칫 수줍게 이별을 뒤적이며

회복한 슬픔이 빠져나가길 기다리는 사이

곧 밝아진다는 일몰의 말에 한기를 느끼며
마주 앉은 생각들
허물없이 내려놓는

문소윤

경남 창녕 출생
2009년 『시문학』 등단
• 시집 『피어라 꽃』(2012)

싹둑

웃자란 잔디를 예초기로 잘랐네
붉은 몸이 보일 때까지 모질게 잘랐네
잘릴 이유가 충분할수록 거친 반항을 하는 법이지
항변을 늘어놓는 입술도 싹둑 잘랐네
담배에 불을 붙이고
깊숙해진 당신을 곰곰 돌아보면서
뽀족한 말의 촉을 생각하며
당신의 얼굴을 떠올리네
사랑이란 이름으로
남은 변명을 늘어놓는
한 촉이 고개 쳐드네
당신의 눈썹 닮은 말끝을 마저 잘랐네
꼿꼿과 싹둑의 거리는 짧았네
잘려 나간 말끼리 부둥켜안고 울고 있네
당신이 키운 말의 꼬리를 자른
나는 후회하지 않네

늪 탐방로

애기똥풀을 밟았는지 발끝이 미끄덩거립니다
억새가 내 키만큼 쑥덕쑥덕 자랐습니다
늑대거미가 풀잎의 목을 당겨 집을 짓고 있습니다
핏줄을 벗어난 하루살이들이 벌써 거미집에 도착합니다
줄풀 옆에 참개구리알들이 동동 떠 있습니다
왕버들 군락을 지나 연리지 앞에 다다랐습니다
제 살을 열어 다른 살을 안고 있습니다
끌려다니지 않고 한자리에 우뚝 서 있습니다
내 안의 사랑이 뭔지 한참 읽고 있는데
다리가 아픕니다
늪 한 귀퉁이를 잘라 멍석을 만듭니다
생이가래 카펫 위에 가시연잎 방석을 놓고 앉습니다
청둥오리 한 쌍이 웃자란 풀숲을 헤치며 날아갑니다
재두루미가 물에 비친 제 몸을 보며
허다한 일에 익숙하다는 듯 목을 주억거립니다
자운영 치맛자락을 축축하게 적신 잠자리가 처음 날기를 합니다

물 하늘에 소금쟁이들이 시끌벅적 그림을 그립니다
일억 사천만 년의 잠을 깬 각시붕어가
비린내를 풍기며 지층을 거슬러 올라옵니다

이마며 눈알까지 뻘투성이입니다

펄떡이는 아가미 속으로 늪이 우르르 빨려 들어갑니다

바늘꽃

사문진에 가면 꽃 천지다
장미, 사피니아, 잎이 넓적한 부용화 등등…
수많은 꽃 얼굴을 들여다보는데
유독 바늘꽃에 벌이 가득하다
자세히 보니
뾰족한 끝을 지우고 있다
갸우뚱갸우뚱 고개를 젓는 나에게
꽃벌 한 마리 따끔한 일침을 놓는다
'꽃방석을 바늘방석으로 바꾸는
넌 뭐냐!'

색

빨간색 계열 입술연지 열 가지 색이 담긴 팔레트를 샀다
내 입술은 남이 보는 것이므로
바르고 보는 거야
그중 제일 붉은 장미색을 바르고 문학회에 갔다
지하철을 타고 내릴 때도 많은 눈길을 모았다
확, 불 지르듯 뜨겁다.
지워지지 않았을까 화장실에 들어가서 거울을 본다
쥐 열 마리 잡아먹은 주딩이다
소 잡아먹은 주딩이다
열 가지 색 중 마지막 색인 푸르죽죽 팥죽색을 바르면
서방 열 잡아먹은 주딩이다
어디선가 엄마의 목소리가 들린다
들판에는 색스러운 꽃불, 벌나비들이 윙윙거린다
장밋빛 입술이라든지 고혹적이라든지
와인색이라든지 그런 말 좀 듣고 싶다
입술연지 팔레트를 물끄러미 들여다본다
장밋빛 빨강은 벌써 바닥을 보인다
남은 시간과 붉은 입술의 상관관계를 생각하며
결심한 사람처럼 화장실을 나온다

사피니아

나의 안쪽은 가는 곳마다 흔하다

나의 바깥이 먹히지 않고부터

간당간당 까뒤집어져 있다

사랑이 피었다고 열매를 남기라는 법은 없다

벌겋게 타버린 속은 천 개의 열매보다 못하지 않지

내 속을 까뒤집은 걸 보고야 사람들이 진실하다고 입을 모은다

명동성당 앞 버스정류장에서

오지 않는 9003번 버스를 기다리면서도

붉어져 있었다

버스가 도착하여 버스에 오르면서도

옆면이 붉었다 자리에 앉아 계속 붉어지는 얼굴

옆자리에 앉은 남자가 누구를 사랑해봤느냐고

묻지도 않았는데 붉어져서 못 견디었다

나는 7월에 더 붉어질 것이다

대문 높은 곳에서 바람을 맞을 것이다.

제2부

이야기가 있는 풍경

변창렬

중국 길림성 서란시 출생
한국현대시인협회 회원
중국연변작가협회 회원

내 시는 임꺽정 닮을 수 없을까

하늘 먼 곳까지 다가갈 수 있는
그런 시를 쓰고 싶은데
너무 사치스러운 것 같아

글줄이 화살로 생겨
어딘가의 과녁으로 날아갈 수 있는
그런 시
누군가 그 화살 위에 걸터앉아
콧노래라도 부를 수 있는
그런 시

소풍 가는 차림새로 써볼까
오다가다 읽어도 쉬는 멋으로 될 수 있는
그런 시
바지가랭이를 헐렁하게 만들어
앉아도 엉치가 편안하게 읽힐 수 있는
그런 시

시는
건달과 선비 사이에 세워야 좋다

칼을 든 손아귀에
막걸리 한잔 들게 하는 그런 멋
그것도 시답잖지 않다면
반은 여자 같고 반은 남자 같게
변태스러운 시를 쓰면 어떨까

내가 쓴 것들이
턱주가리를 받쳐들고 허공을 흘기면서
허구한 날을 수배해버리는
그런 시로는 될 수 없을까
주먹을 휘두르는 임꺽정이 같은 시

가을비와 속삭이면서

저놈의 비가 웃긴다
너도 꺾기를 할 줄 알아
오는 척 쉬는 척 흥타령하는가

북받쳤으리
푸름과 노랑이 교배하는 걸 보고
사춘기는 앓지 않았을까
걱정되기도 해

눈빛에 핏기 돋은 걸 봐라
잠을 설쳤기에
빨간색으로 치장을 하였겠지

우산이 거치장스럽구나
너가 뇌까리는 서정이
왜 그렇게 걸죽하게 젖어드나

어떻게 너는
변덕스런 시인을 닮았느냐
나도 그런 바보거든

단풍 한 그릇

색깔이 푹 퍼지거든
숟가락에 떠봐라

입으로 넣지 말고
그릇에 담아 둬

혹시 누군가 가슴 아파할 때
굳었던 색깔을 찢어
발라 줘

그러면
명치끝으로 스며드는 죽으로 돼
혀끝이 말랑한 팥죽

그때
누가 속이 먼저 뜨거워질까

연대기 그리고

1958년 부처님 오신 날
내가
벼랑에서 떨어진 날이다

밤새도록 모를 심고
새벽에 나를 밖으로 던진 엄마
서지도 못하는 나를
벼랑 끝에서 돌부처로 살아라고 세웠으니
눈을 뜨는 순간 보이는 것이
세상 자체가 벼랑이었다

1984년
나도 딸을 벼랑 끝으로 내몰았다
쥐의 작은 발톱으로
벼랑 오르는 법 느끼라 했는 거 같다

아직도
벼랑 끝에 세울 계주봉을 넘기지
못한 딸
살아온 것이 지나치게 가파로와

물려주기 싫었나 보다

2019년
예순 고개 넘어서면서 뒤돌아보니
황무지나 같았다
디뎌온 발자국이 보이질 않았다

수술칼이 째고 지웠는지
살면서 지친 염증을
하나의 덩어리로 축소시킨 암

그것도 한 번이 아니라
네 번이나 잘랐으니
누더기로 된 몸은 약자로 탈락되어
약병이 밥그릇으로 되는 나입니다

2035년 아직 11년 남았으나
내가 눈이 떠졌다고 하자
그럼 미리 점을 쳐야겠구나

바닥에 굴러다니는 동전을 주워서
허공에 던지는 유희
하긴 그때 던질 힘은 남아 있으려는지

2058년을 지나치고

2158년 그때쯤

어느 젊은이로 보이는 기계사람이

바닥에 돌 하나 주워들고

현미경으로 그 무늬를 살피게 되면

변창렬이란 껍질이 보일 거다

그 옆에

흩어진 시 부스러기들이 붙어있을 거고

또 그 곁에 길냥이가 누워서

앞발로 시를 가지고 장난칠 터

난 이미 내가 아닌

기계사람들이 가지고 노는 장난감으로 되었으리

올해 가을은 왜 쓸쓸해질까

가을이 자꾸 짧아지는 것 봐
그냥 지나치게 되면
길을 잃어버릴 수도 있는데

눈요기라도 실컷 할 수 있게
판도라 상자를 풀어 헤치고 가야지
저기 어디서 누군가
산에 불이 붙었다고 문자를 주웠거니

엄마가 산으로 떠나던 그 해도
날씨가 유별나게 추워서
단풍이 피지도 못한 채 가셨었지
단풍이라도 밟고 가셨더라면

불이 너무 셀까 봐
감히 터지지 못하는 건 아니지
엄마가 그리울 때마다
속이 타서 재도 남기지 못했었지

엄마는 내 마음속 판도라 불씨야

누가 뭐라 해도 버리지 못해

단풍으로 확 타버리는 가을은 왜 없을까

성일

2004년 『시인정신』 등단

· 공저: 『고요로 뜨는 달을 보며』 외 다수

· 동인시집: 『꽃밭에 돌을 심었다』 외 다수

순백의 빛

내 안에서 영롱한 순백의 빛
새하얀
소망을 맑게 뿌리기에
더 아름다운 건
그대 밝은 눈망울입니다…
암울한 슬픔이
휘감아도 별빛을 담은
두 눈망울이 내딛는 발걸음
희망의
첫 이정표이기에
샛별보다 그대 눈빛이 더 찬란합니다

꽃 피는 아침

꽃 피는 아침
차 연기 나부낄 때
학이 날고
달 뜨는 저녁
홀연히 고요 속에
삶의 의미가 깨어나고
나는 차 마시며
향과
달빛으로 치장하네

개미 사랑

풀이 누운 오솔길을
기린 한 마리 가고 있다
남몰래 가기 위해서
발에 밟힌 개미 한 마리로
여전히 가고 있다
너무나 작아서 보이지 않는
개미 한 마리 더욱
가늘어진 허리로 기린을 가게 한다

태양 아래

맴돌고 숨 쉬는 자연계
모두모두 평등
높다 낮다
잣대를 버리게
만나면 능소能所이나
모두가 무상無常함을

흰 구름

한 조각 순정이 날다가
돌아갈 길 잃었나 보다
흩어져 떠날 때는 청산도
드러나더니
흰 돌 높은 봉우리 곁에 앉아
오히려 기상을 내뿜으니
그 이름 무엇이뇨?
태호 산만의 육천의 물결
그 파도 속의 물결은 누구에게 말하나

임남균

2005년 『시인정신』 등단
• 공저: 『메밀꽃밭에서 온 편지』 외 다수
• 동인시집: 『닉네임 전성시대』 외 다수

붕어빵

아파트 공터 앞에
붕어 낚시터가 개점했다고 아이들이
뛰어갑니다
낚시라면 그리도 싫어하는 아내도 달려갑니다
바람과 함께 개업한 낚시터는 때때로
잉어도 나온다고 합니다
손이 근질근질한 아저씨도 가까이 갑니다
모두들 입질에 목을 길게 뺍니다
그 열기가 온몸을 달굽니다
무엇보다 주인의 손맛이 대단합니다
장사 수완도 뛰어납니다
낚싯대 하나 없이 호객도 안 하고 말입니다
첫눈이 내리는 날
낚시터는 더욱 붐빕니다
계절을 타는 낚시터는 봄이 되면
바람같이 사라집니다
사람들은
달콤한 입질을
떠나간 첫사랑처럼 기다립니다

시

시들은,

마음을 치유하는 언어의 숲

가을, 또 가을

매미가 물고 오다 놓쳐버린 가을 조각
귀뚜라미가 주워 밤하늘에 널어놓았다
별과 달 그리고 해와의 서늘한 동침이
주야를 교대하며 시소를 탄다

잠깐 풀어졌던 구름이 팽팽해지고
눈을 뜬 바람이 팽이처럼 돌고
떠나지 않으면

술빵처럼
익은 낭만이 낙엽 속에 스며들고

절정이 진정을 품을 때,
가을 속 풍경이 소설을 쓰고
풍경 속 가을이 시를 읊는다

골목에 가을이 전봇대처럼 서 있다

떨어지는 잎새만큼 생각이 쌓이는 날
마음 한 칸에 세 든 추억이

오늘도 일수를 찍으면

비 온 뒤 활을 만드는 무지개처럼
우리는 또 하나의 가을을 기다린다

천만 배우

홍시를 먹은 노을
누구는 석양이라 하고
또 누구는 황혼이라고 한다

청년의 가슴에 와닿는 것은 노을이고
장년의 마음에 들어오는 것은 석양이고
노년의 기억에 스며드는 것은 황혼일 것이다
하나의 태양이
하루에 청년이 되고 장년도 되고
노년이 된다

단풍 먹은 노을이
저녁만 되면 천만 배우가 된다
폭 넓은 관객 앞에서

아버지를 위한 변론

아이들아
너희들과 배 속부터 세상 밖 나올 때까지
소곤소곤, 이야기 주고받은 엄마와
아버지의
세월이 어찌 같겠느냐

아들아, 딸아
너희들을 위해 해와 달을
매일 가슴속에
발효시키는 엄마와,
아버지의
시간이 어이 같겠느냐

어머니는
너희들을 위해
바람이 걸어간 자국을
따라가는 끈기와
햇빛과 그늘을 때때로 뿌려주는
손바닥의 온도가 다른 사람들이다

작은 가슴으로 눈물과 웃음을 다 받아주는,

아버지는
그런데, 그런데 말이다
정말 미안하구나
이 세상 아버지들은 태어날 때

남자로 태어났구나

제3부

사색이 있는 풍경

전영칠

1997년 『문예사조』 등단

한국문인협회 회원

• 시집: 『물방울들은 만나면 서로를 안습니다』(2000),

『살아있다는 그 끝까지 가고 싶다』(2010) 외 다수

쌀

직장에서 일하고 있던 중 어머니가 돌아가셨다는 연락을 받았다. 회장은 총무와 나이 든 나의 퇴사를 상의하던 중이었다. 가을 하늘이었다. 맑고 상쾌했다. "꽈리를 아니?" "꽈리가 뭔데요?" 아득한 날, 어머니와 나는 아버지를 찾으러 골목을 걸었다. 내 손 잡고 길가 가지에 매달린 꽈리 흔적을 보며 어머니가 꽈리 모양 같은 입술로 말했다. "영광 고향집 텃밭의 꽈리!" '먹이'가 전부이던 시절- 어머니가 고향 이야기를 하면 삶이 힘든 거였다. 그래, 힘들면 고향인 거지.

계약직 10년. 직장에서 쌀이 아니면 무엇이 남을까. 갈빗대처럼 웅크린 하늘구름이 이런저런 사연 포개진 이력서 같다.

그 겨울 뒤태

얼음이 보이고, 눈이 쌓였고, 그리고 또다시 눈이 싸하게 내리고 있었다

-겨울이 길었어요
3월 늦은 눈
내, 그러면서
뒤태를 본다 백석산 임도林道,
앞서 걷는 사람들이 뒤태를 내어준다
사람의 얼굴이 보이지 않아 좋다
숨어서 간다
계급이 속절없다
그렇게 섞여 아무러히 살고 싶다
다시
뒤태를 본다
영화배우 쟝 가뱅처럼 뒤태로 말해볼까
-그대는 무엇 하는 사람인가요?
-그것이 무슨 의미가 있단 말이오.

이대로 사람 속에 숨어 나머지를 살고 싶다
아무것도 묻지 않고 아무것도 말하지 않는다
그저 걷는다

모르는 채 걷고 모르는 채로 산다
나도 뒷사람에게 뒤태를 내어준다
실어증의 눈이 입 없이 내린다

철 어렸을 적 소풍 갈 때를 기억한다. 콩당콩당 뛰는 가슴을 안고 선잠을 잤던 것을 기억한다. 육사크 소풍가방에 양갱, 캐러멜, 어머니가 싸주신 두껍고 푸짐한 김밥. 그때 또래 아이들과 즐거웠던 듯도 싶다.

이 임도는
겨울이 길다
그런저런 내리는 눈이 좋다

나 뭐지?

송년모임이었다

늙어가는 이야기, 살아내는 이야기…

그러면서 오랜만에 본 친구 직장인이 하나를 묻는다

-아직도 시 써?

-응, 써.

그런 이야기가 오갈 즈음,

내 차례에서 사회자는 말한다

-우리들 중 유일하게 30년 시 쓰는 소장님이십니다.

박수까지 터진다

돈도 안 되는 글을 쓰는 지금은 세상 희귀종이 된 시인이라는 두 글자

열정은 진즉 타버리고 재 속에 은은한 알불 두어 개 남은 시인이라는

두 글자

팔리지 않는 시집이 세월에 눕고 있는 오래된 서재 앞에서

쓰는 것도 아닌 쓰지 않는 것도 아닌 간첩 같은 시인이라는 두 글자

올해가 가기 전에 반성해야 할까

시를 써야 할까

그러면 시를 써야 할까 박수 속에서, 잠시

이야기 하나 건지려고

어머니가 손자를 안는다
안기는 건 손자 이전의 집안 내력이고 역사다
줄 줄 줄 우주가 따라오고 있다

에너지와 소립자와 빅뱅과 태초에 인간에게 던졌던 조물주의 질문이
손자의 눈가와 콧등에 얹혀 어머니의 두 팔에 전달되고 있다 일제하
의 만주벌판, 6·25 직전의 38선 남하, 사타구니부터 타오르는 시체를
넘어 부산으로 향하는 낡은 필름들이 오버랩 되고, 땟국 절은 포대기
안에서 첫돌을 맞은 딸애가 자고 있다 그 딸의 아들을 안는다

이야기 하나 건지려고
어머니는
술 취한 아버지를 밤새 기다리셨던 걸까
아홉 평 쌀가게 하나로 다섯 식구 목숨 붙이던 시절, 누가 훔쳐 갈까
짐자전거 베고 잠든 아버지는 마디마디 자식들을 키워내었다

이야기 하나 건지려고
어머니는 평생
서른아홉 번 이사하며
만주, 북한, 부산, 대전, 서울을 오간 것일까

일곱 남매 중

둘을 먼저 보낸 것일까

구십의 나이에도 그저 자식 걱정인 것일까

그 이야기 하나가

어머니의 가녀린 팔을 따라 기울고 있다

머지않아 별이 될 이야기

겨울이 오는 이유

장년長年, 소주, 섭리攝理
이 세 가지를 칵테일해서 드세요
외롭지 않을 거예요
온몸이 파문처럼 퍼져나갈 거예요
그러다가 가을 붉은 단풍 한 잎 덩이덩이 붉은 피 남기고
그러다가 뚝 떨어져 마침내 혁명은 지니
스위치 내려 기온도 지고 마는 거지요

순대볶음

섞자 섞자
순대 옳아, 들깻잎 옳아
잘난 세상 그 무슨 상관이람
이리저리 귀싸대기 때리듯 마구 섞어
입에 털어 넣으면 그만인 것을
아- 벌리면 엄마처럼 고향처럼
그래, 그 맛처럼

정신재

시인, 문학평론가

1983년 1월 『시문학』지를 통해 등단

동국대학교 국어교육과 졸업, 동국대 대학원 국문과 졸업

국민대 국문과 박사과정 졸업

문학평론가협회 사무국장

국민대·경기대 강사

디지털 서울문화예술대학교 외래 교수

2015~2016년 세계 한글 작가 대회 집행위원

『한국 현대시』 주간, 현대시인협회 부이사장

현재 국제 PEN 한국본부 이사

• 저서: 시집 『사랑하고 싶을 땐 시를 쓴다』(엠-애드, 2024) 외 23권

• 수상: 문학평론가협회상, 한국크리스천문학상, 동대문문학상, 남원문학상

남한산성 1
– 산 아래

새벽하늘 아래
작은 등불 켜 있는 마을엔
착한 사마리아인이 산다

남들은 땅 팔아서 부자 되었다고 수군대지만
부모가 물려준 땅을 잃고
나그네 되어
신도시 주변을 서성거린다

저 햇살 한 줌, 바람 한 점에도
내 곁에 서성이는 당신이 있어
사랑의 실루엣이 자라는 것이다

남한산성 2
– 숲의 저편

여기는 남한산성

물안개 피어오르고

단지 걷는 것만으로

달빛 내려앉는다

십자가에서 내려온 사랑이 어디로 갔나

외로움을 아는 자만이 볼 수 있는 숲의 저편

억새풀 자란 잔디밭 지나

당신이 선택한 믿음이 머무는 곳

산 아래의 도시가 작은 일상으로 물들 때

산을 감싸는 안개는 비단이 된다

남한산성 3
– 반전

산에도 섬이 있다
높은 데만 찾아가는 꿈을 내려놓고
땅 밑의 근육질을 키워 본다
절망도 때론 튼튼한 근육이 되어
절제와 인내의 끈을 묶는다
섬은 바다에만 있는 것이 아니다

남한산성 4
– 청량산 아래서

산 아래엔
정을 품은 사람들이 모여 산다
높은 곳 산성에서
너와 내가 만나
계절의 순환을 듣고 온다
기성세대와 신세대가
내국인과 이민자가 모인 집에
봄기운이 기지개를 펴고
무성한 여름과 결실의 가을을 기다린다
굴곡의 강을 건너 나루터에
화해를 꿈꾸는 사람들이 모여 있다
다 잘될 것이다

남한산성 5
– 깔판

수많은 얼굴이 엮인
하늘과 땅의 실루엣 사이로
신뢰의 맨살이 올라온다
어떤 것은 엮이고
어떤 것은 풀어져
들꽃처럼 푸르게
돌 틈에서 자란다

조경연

국어국문학 외 졸업

『문학이후』등단

한국문인협회 안산지부 회원

이후문인클럽 회원

E-mail: cky2499@naver.com

노예가 되었다

휴전이 없는 전쟁이 계속돼요. 살 속에 밀착된 손톱처럼
정신 안에 기생하며 나를 지배해요. 수천 개의 이미지로
유혹하면 정신은 고된 노동에 빠져들고 판옵티콘의
트랙을 빙빙 돌아요. 시도하는 탈출은 실패의 연속이죠.
마음 너머 하얀 나라 정원에서 나그네가 되어요. 트랙 밖에서
보내오는 조언은 추상적 언어, 읽을 수 없는 나는 울부짖는
저능아, 뇌 속 회전은 발랄한 버퍼링을 즐기며 벌컥벌컥
흐르는 땀을 마셔요.
'저 높은 곳에 도달하면 행복할 거야. 열심히 걷고 또
걸어야 해' 속도에는 멈춤도 브레이크도 없어야 한다는
현세적 이론이 세뇌를 반복해요. 밤이 되면 녹아내린
뇌에서 타는 냄새가 진동해요. 불면은 새로운 신념을
잉태하고 나는 또 다른 행복 이론을 암기해요.
새벽이 하얗게 속살을 드러내고 바닥과 밀착된 사지가
기계음의 폭력에 어제와 똑같은 춤을 춰요. 밋밋한 정적이
이어지는 시간과 시간 사이, 트랙을 벗어나지 못한
패배자들이 또다시 어제의 자리에 있어요.
노예로 살아가는 일상이 설렌대요. 알 수 없는 희망의 사슬에
묶여있어요. 궤도를 이탈한 꿈들이 석방이 없는
판옵티콘에 또 갇혔어요. 성공을 찾아가는 노예가 되었지요.

어떤 고백

나의 조상은 보름달이라는 풍문
출산 후 미역국을 먹지 않았다는
은밀한 소문, 그 사실에 대해
아무도 말해주지 않았다
살 타는 냄새가 진동하는 것은
탄생의 비밀을 알리는 고요한 아리아
내가 태어나는 소리였다

엄마의 태교를 기억하는 것일까?
궤도를 이탈하지 않았고 소리 없이 울었다
나의 울음은 소극적이다
지글지글 톡톡톡!
살덩이가 익어가는 촉촉한 의성어
이 모순적인 출생은 부드러운 폭력이며
야무지게 익어가는 수줍은 반항이다

엄마는 찰싹찰싹 소리를 내며
바삭바삭한 나의 죽음을 위해 기도를 했다

오독오독 죽어가는 시간

공갈처럼 달콤한 공갈빵이 고백한다
불판 위에서 내 꿈은 탈출이었고
맥박이 빨라지는 뜨거움이었다고
허탈한 넌센스 하나 던지는
말 같잖은 공갈이었다고

익숙하게 익어가는 일

이른 봄 쌀쌀한 의성어가
음산한 울음을 토해내던 날
괴기하게 퍼지는 냄새를 먹기 위해
단정한 꽃 한 송이 피어오른다

냄새를 포식하는 것은 뿌듯한 일
도취되어 음미하는 것과
살을 태우는 성스러움, 그리고
거룩한 노동과 낯설게 흐르는 땀방울들, 그것은
몰락을 춤추는 가장 뜨거운 행위예술
녹아내리는 살들이 하얗게 웃는다

흘러내린 세포의 찌꺼기가 탑을 쌓아간다
높이 올라갈수록
고요는 더 깊은 곳으로 빠져들고
가장 차갑게 익어간다
시간은 어딘가에 있을 둥지를 생각하고
그곳을 향해 새처럼 이동하는 고독, 그렇게
살을 태워가는 꽃의 뜨거움은
죽음과 고요를 따라

기울어진 오후를 지난다

익숙하게 익어가는 것과 사라지는 노동은
토독! 토독! 음표 없는 악보를 연주하는 행위
역겨운 냄새를 고귀하게 흡입하는 일

어둠이 당도한 시간, 하얀 촛불 하나 차갑게 눕는다

시간을 먹는 사람들

알록달록 칙칙한 골목마다
까맣게 익어가는 시간
버려질 것들이 먼지처럼 쌓여간다

도심 속에 갇힌 사람들
그들의 시간을 먹어치우는 밤
허무의 살이 오르고
퀭한 눈알 하나씩 매달고
잘려나가는 시간을 흡입한다

사막을 헤매는 맹수처럼
게걸스럽게 시간을 과식하는 욕망의 눈알들
순간순간 썩은 고기 흡입하는 하이에나가 된다

밤이 깊어질수록 욕망은 욕망을 포식하고
비만이 되어가는 허무의 연속
후식 메뉴는 더 짭짤한 공허
2차, 3차 또 시간을 먹으러 간다

어둠을 벗겨내는 새벽녘 언저리

거리마다 죽은 시간의 찌꺼기들 즐비하게 나뒹군다

금요일의 현관

미처 빠져나가지 못한 바람을 뒤축에 매달고
해골 하나씩 들어온다
괴물 같은 피로가 눈알을 파먹고 살들을 흡입했다며
잘려나가는 혼 덜렁덜렁 매달고 현관 문턱을 넘는다

냄새는 냄새를 따라 줄서기를 하는 것일까
모여든 비릿함이
몸 밖을 빠져나와 후각을 강타한다
졸던 먼지들 화들짝 튀어 오르고
액자 속 추상화는 추상적인 투덜거림을 이어간다

전쟁을 치르듯, 한 주를 살아낸 금요일 저녁
그렇게 잠잠하거나 혹은 요란스러운 현관
새로운 소식들로 북적인다

자정의 문턱에서 벽시계 충고를 외면했던 날들
오늘도 여전히 조언은 반복되고
가장의 신발은 고된 몸처럼 흐물거린다
거친 호흡 헐떡이며 내장이 흘러내린
아이들 운동화도 사연 하나씩 토해낸다

경쟁의 노예로 칼날이 되어버린 마음들
늘 지켜보는 현관 얼굴에는
공감 하나씩 주름 되어 늘어가고

그렇게
한 주가 뒹구는 금요일 현관
고단했던 마음을 위로하듯
LED 센서 등 센스 있게 달려 나와 환하게 품는다

지구 생각 오후 4시

ⓒ 시와여백 동인, 2025

초판 1쇄 발행 2025년 2월 7일

지은이   시와여백 동인
펴낸이   이기봉
편집   좋은땅 편집팀
펴낸곳   도서출판 좋은땅
주소   서울특별시 마포구 양화로12길 26 지월드빌딩 (서교동 395-7)
전화   02)374-8616~7
팩스   02)374-8614
이메일   gworldbook@naver.com
홈페이지   www.g-world.co.kr

ISBN   979-11-388-3951-8 (03810)